Thinking034

【不簡單女孩3】

眼光獨到的女孩

派翠西亞‧巴斯醫師的故事

The Doctor with an Eye for Eyes：The Story of Dr. Patricia Bath

作　　者：茱莉亞‧芬利‧摩斯卡 Julia Finley Mosca

繪　　者：丹尼爾‧雷利 Daniel Rieley

譯　　者：黃筱茵

字畝文化創意有限公司

社長兼總編輯：馮季眉

責任編輯：吳令葳

設　　計：Ancy Pi

出　　版：字畝文化創意有限公司

發　　行：遠足文化事業股份有限公司（讀書共和國出版集團）

地　　址：231 新北市新店區民權路 108-2 號 9 樓

電　　話：(02)2218-1417

傳　　真：(02)8667-1065

客服信箱：service@bookrep.com.tw

網路書店：www.bookrep.com.tw

團體訂購請洽業務部 (02) 2218-1417 分機 1124

法律顧問：華洋法律事務所　蘇文生律師

印　　製：中原造像股份有限公司

獻給每個勇敢逐夢的孩子。──J.F.M.

獻給佛羅倫斯。

謝謝亞嘉，謝謝你的全力支持──D.R.

定價 350 元　　　2019 年 2 月 20 日　初版一刷　　　2024 年 8 月　初版十刷

書號：XBTH0034　　　　　　　　　　　　　　　ISBN：978-957-8423-71-8

文 茱莉亞‧芬利‧摩斯卡
Julia Finley Mosca

圖 丹尼爾‧雷利
Daniel Rieley

譯 黃筱茵

眼光獨到的女孩

派翠西亞‧巴斯醫師的故事

The Doctor with an Eye for Eyes
The Story of Dr. Patricia Bath

如果你想做大事，
人們卻說：你還太小。

或說：你太年輕、
動作太慢、長得太高……

不要理會他們的質疑，

要像派翠西亞‧巴斯，
這位了不起的發明家一樣，
走出自己的路！

十一月四日這一天，
在美國紐約哈林區，

巴斯一家人，
得到了送子鳥
送來的大禮。

一個寶寶！派翠西亞——
她非常聰穎。

世人即將看到，
她創造的美好貢獻。

這個來自紐約的女孩，
很愛跟男孩一起遊戲。

她有個體貼的哥哥，
會和她分享所有的玩具。

凡是哥哥喜歡做的事
她都照做。

她說：「所有男孩子
能做的事，
女孩子也沒有問題！」

至於她最愛的玩具，她可永遠不會忘記——
一套化學實驗玩具組，
那是媽媽送給她的禮物。
這套玩具讓她明白科學的奇妙！
點燃了她對科學不滅的熱情。

隨著年齡增長，
她渴望能夠做大事。
「我要透過科學，幫助
世界上的病人和窮人。」

巴斯家族的
一位友人，
一位很棒的醫師，
啓發了這位青少女。

「我也可以跟他一樣，
擔任醫師！」

派翠西亞‧巴斯
醫師

但是，
在那個時代，當醫師的，
大都是男性。
儘管如此，派翠西亞意志堅定，
不會輕易改變。
她爸爸非常聰明，
（而且多才多藝）
他早就教導女兒：
「我們生而平等──
不分性別，也不分膚色。」

派翠西亞的夢想，
讓爸媽高興極了，
他們鼓勵她追求目標。

「任何工作、夢想或角色，
你都不要自我設限。」
巴斯一家雖然不富裕，
卻很睿智。
他們認為：「好的教育，
是成功的關鍵。」

說到教育，她遇到一個問題。
每所鄰近的高中，

都只接納家裡有錢的白人小孩——
這樣做，很差勁。

所以，她搭火車去其他高中上學；
看得出來，沒有什麼事情能夠阻擋她。

大部分的學生讀四年才能畢業，
她只花了三年！

她接著上大學，再去讀醫學院……
跟之前一樣，她的同學全是男生。

上課時，女生不可以坐在教室前排。
派翠西亞說：「哼，我可沒有
低人一等。」

所有不公平的限制，
都沒有讓她心情低落。
生活中有更多需要傷腦筋的事，
她沒時間為這種事煩惱。
習醫的專科是什麼，
她必須趕緊做出決定。
「我想好了，」她說：
「我要幫助人們，
讓他們眼睛看得見！」

她ㄊㄚ研ㄧㄢ究ㄐㄧㄡ眼ㄧㄢ科ㄎㄜ醫ㄧ學ㄒㄩㄝ。

這ㄓㄜ位ㄨㄟ實ㄕ習ㄒㄧ醫ㄧ師ㄕ十ㄕ分ㄈㄣ認ㄖㄣ真ㄓㄣ，

她ㄊㄚ在ㄗㄞ醫ㄧ院ㄩㄢ治ㄓ療ㄌㄧㄠ患ㄏㄨㄢ者ㄓㄜ，

學ㄒㄩㄝ習ㄒㄧ到ㄉㄠ更ㄍㄥ多ㄉㄨㄛ醫ㄧ療ㄌㄧㄠ的ㄉㄜ學ㄒㄩㄝ問ㄨㄣ。

而ㄦ且ㄑㄧㄝ她ㄊㄚ發ㄈㄚ現ㄒㄧㄢ了ㄌㄜ「不ㄅㄨ太ㄊㄞ對ㄉㄨㄟ勁ㄐㄧㄣ

的ㄉㄜ現ㄒㄧㄢ象ㄒㄧㄤ」。

在ㄗㄞ她ㄊㄚ的ㄉㄜ病ㄅㄧㄥ患ㄏㄨㄢ裡ㄌㄧ，

失ㄕ明ㄇㄧㄥ的ㄉㄜ黑ㄏㄟ人ㄖㄣ，

比ㄅㄧ失ㄕ明ㄇㄧㄥ的ㄉㄜ白ㄅㄞ人ㄖㄣ多ㄉㄨㄛ兩ㄌㄧㄤ倍ㄅㄟ。

「到底為什麼會有這種現象呢？」
她很想知道原因。
「難道是因為
黑人社區的民眾比較窮？」
她擬定了一個計畫。
「我們必須改善這種困境。」

所有民眾的
視力保健，刻不容緩。

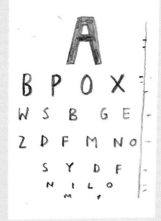

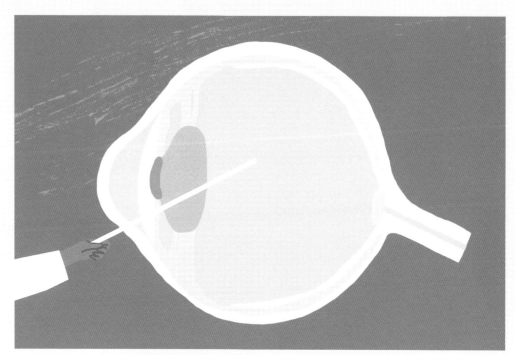

懷抱著這樣的使命，
這位新科醫師來到美國西岸，
在一間濱海的學校教學。
儘管年輕，
她的知識與技術出類拔萃。
她教導幾百位學生
學習眼科醫學。

事情並不是一帆風順，
她仍須為不公平的事情奮戰。
例如，她的辦公室
被安排在黑漆漆的地下室。
「不了，謝謝你，」她說：
「我需要換一個工作環境。」
沒有人可以把巴斯博士
丟在地下室。

後來，她的辦公室得到合理的安排。

接下來，她更是一路闖關成功……

多年來，她在眼科醫師訓練方面，

始終是第一把交椅。

她有這麼了不起嗎？

有！因為她可是第一位

在眼科醫學方面擁有權威地位

的女性。

你以為她會就此停下腳步嗎？
不，當然不可能。

她想要幫助人們的夢想，都達成了嗎？
還沒，還有很多目標等著實現呢。

「我會為失明找出
更好的治療方法。」她發誓。

她前往歐洲進修。

她在巴黎，
學習了眼科雷射技術。

「這些小小光束，」她說：
「是眼睛的救星啊。」

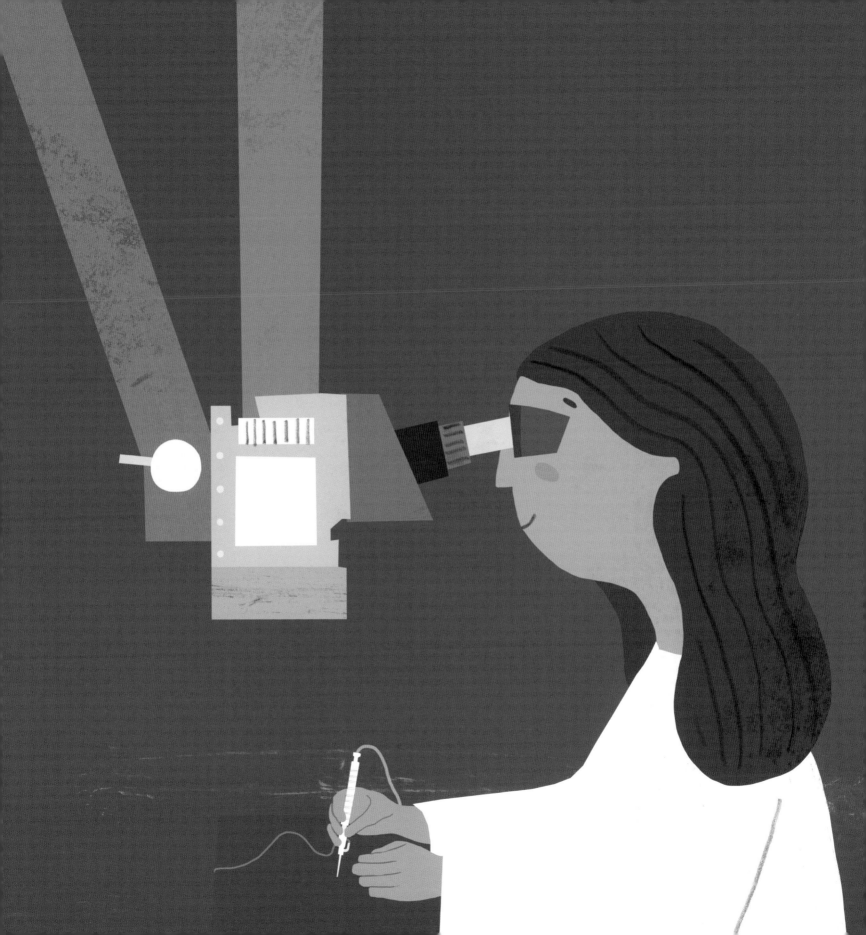

她花了好幾個月的時間
練習手術。
而且還加以創新！

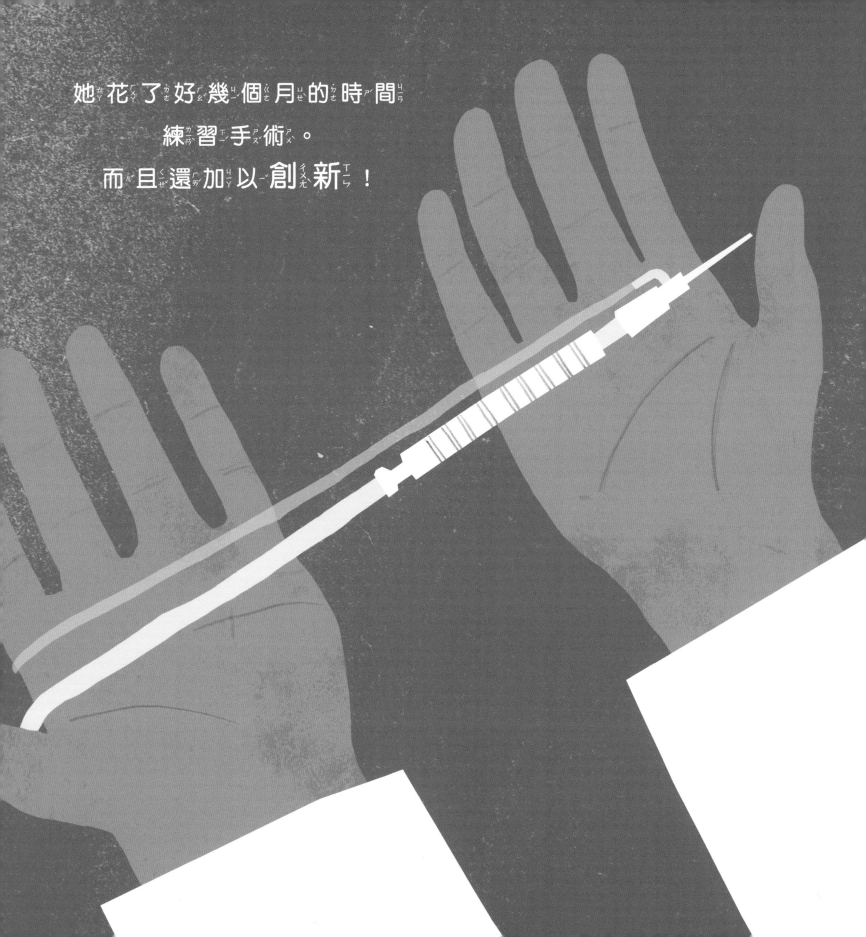

她發明出新工具，
一種新的雷射探針——
用來治療全球各地
患者的眼睛。

派翠西亞·巴斯
醫師

由於她的努力，
讓失去視力十五年、二十年、
甚至三十年以上的患者，

終於重見光明！
我們應該為她
歡呼三次！

巴斯醫師萬歲！
巴斯醫師萬歲！！
巴斯醫師萬萬歲！！！

美國
防治失明機構

她的貢獻還有很多。

她創建了一個為全人類
帶來希望的地方。

這個機構的宗旨是：
不論貧富，不分膚色，

人人的視力健康都一樣重要。
每個人都有「看見的權利」！

現在，巴斯醫師已經非常有名了。
她成就了許多大事。

全世界都該為她的成就喝采，
但是對她來說，
她想要的從來都不是名氣，
她要的，是改變。

這個來自紐約的女孩，
曾經擁有化學實驗玩具組的女孩……
在她出生的年代
醫師大都是男性。

長大後，她成了英雄，
不會自誇自大的英雄。

她最在乎的
是治癒病人。

你認為幫助世界很困難嗎？
不會的。

如果有些人說你辦不到，
別聽他們的，要堅持下去。

就像派翠西亞一樣，專心一意。
用力發光，勇往直前……

你將會發現，
你的夢想
近在眼前！

親愛的讀者：：

每一天，問你自己一個問

題。　讓這個問題引導你走向另一個

問題，　你會發現：　學習與知識，

　　　　　　是永不打烊的遊樂場。

Image courtesy of Dr. Patricia Bath

派翠西亞・巴斯　醫師

關於派翠西亞的有趣小故事

視野不受限

　　派翠西亞‧巴斯，從小就不是典型的「女生」。「我會和男生玩，和男生互動，而且我相當強勢。」派翠西亞回憶她在紐約哈林區的成長經驗。小時候，哥哥向來很包容、鼓勵她。「我很感謝我哥哥那麼堅定的支持我。我想扮演醫師角色、而不是護士的角色時，他會支持我。」巴斯相信，擁有幫助她的男性友人，對她的未來至關重要。「這正是我的眼界不受限的原因。我不只玩女生遊戲和玩具。」

學習不設限

　　誰會相信，一組簡單的化學實驗玩具，竟然啟發了一個孩子對科學一輩子的熱情？這個禮物是派翠西亞的媽媽，葛蕾蒂絲，送給女兒的。「媽媽大概知道我很有好奇心吧，我一直喜歡修理東西、把東西拆開，找出東西是怎麼組合製造出來的。」同時，派翠西亞從她爸爸魯伯特那裡，承襲了對文化的深度欣賞。「他在環遊全世界的油輪上工作，我把自己擁有世界觀，歸功於早期的童年經驗，爸爸會和同船的夥伴們一起，從瑞典、非洲或是德國回國。」派翠西亞更說，父母送給她最重要的禮物，是他們對下一代受良好教育的重視。

看見新的可能性

　　有兩位重要人物，幫助年輕的派翠西亞攻讀醫科。第一位是史懷哲醫師，這位白人醫師花了大半輩子的時間，在西非治療痲瘋病患與患有其他致命疾病的患者。「史懷哲醫師的故事啟迪人心，尤其是在美國的種族歧視之下。有很多白人不想和黑人有瓜葛，學校裡施行種族隔離，就連午餐時也一樣。史懷哲醫師真是一位神奇的人道主義者，他的事蹟對我影響深遠。」還有一位啟發派翠西亞的楷模，是她自己的醫生（也是她爸爸最好的朋友）──賽西爾‧馬奎茲醫師。「有句話說：『眼見為憑，』要實現夢想，找到一位與你生活近身相關的專業人士，這非常重要。」

接受訓練，邁向成功

　　派翠西亞很早就展現出過人的毅力。她在青少年時期，就知道她家附近的高中不准非裔女孩入學。「放學的時候，幾百個紅髮或金髮的白人學生，現身哈林區，真的是很另類的風景。」十分渴望學習的派翠西亞「走到地鐵站，跳上Ａ線火車」。她每天通勤到曼哈頓市中心去查爾斯·伊凡斯·修斯高中就讀。她成績優異，甚至提早畢業。「任何阻礙都只是在激勵你探究內在的力量，你必須拉自己一把、提升自我，並竭力把自己往前推，你要游得更快、更努力！」

打破所有的藩籬

　　五、六十年前，女學生若想走上科學這條路，通常都會被勸退，但派翠西亞卻走在時代之前。「我不認為兩性在知識與技能上，真的存有差異。」她認為把事情分為專屬於女性或男性的刻板印象，其實是學習來的行為──她自己的家人就從來不會強化那些刻板印象。「幸運的是，社會在改變。就連玩具製造商都了解，如果動作英雄都是男生，是一種偏見。我覺得電影工業也開始認知到這一點，所以現在有很多電影都把女孩和女人設定成女英雄。」

1968

取得豪爾德
醫學院的博士
學位

1969

開始在哥倫比亞大學
擔任研究員工作，留
意到有色人種患者有
較高的失明率

1950

1964

取得曼哈頓
韓特學院化學
學士學位

1970

開始在紐約大
學為期三年的
住院醫師訓
練；並於這段
期間生下女兒
艾拉卡

1942

11月4日誕生
於美國紐約
的哈林區

獲得一套化學玩具組禮物，
激發對科學的興趣

1959

獲選聲譽卓著
的國家科學基
金會夏日計畫

以癌症研究計畫
贏得《女士》雜誌優選獎

1967

旅行到南斯拉
夫，觀察到當
地對窮人的眼
睛照護並不恰
當

1968

開始在哈林
醫學中心
眼科實習

1974

搬到洛杉磯，
在加州大學洛
杉磯分校以及
查爾斯·R·茱
爾大學教授眼
科醫學

1960

1993

1988 被列入
韓特大學
名人堂

被豪爾德醫學院
選為學術醫療的
先驅之一

1981 開始研究如何
用雷射消除白
內障

1977 共同創立了
美國失明防治
機構

1986 到歐洲
進行最先進的
雷射科技實驗

1993 從加州大學
洛杉磯分校退休

1983 成為美國第一位執掌
眼科醫學住院訓練計
畫的女性

1986 發明了雷射
晶體乳化術
探針

1988 以雷射晶體乳化術
探針,取得第一項
醫療專利權

Present 目前住在加州洛杉
磯,擔任美國失
明防治機構的執行
長,持續寫作、教
育工作,倡導眼睛
健康的重要性

1974 成為加州大學洛杉磯
分校朱爾斯·史坦眼
科中心眼科部第一位
全職女性眼科醫師

派翠西亞·巴斯 簡介

　　派翠西亞·艾拉·巴斯醫師，1942年11月4日誕生於美國紐約的哈林區。在她成長時期，美國社會的性別歧視、種族歧視與貧窮問題很嚴重，足以危害一位年輕的非裔美國女孩當醫生的夢想，但派翠西亞還是努力奮戰，擊敗所有的挑戰——將自己一生奉獻給治療與防治失明的使命。

父母的影響

　　巴斯小時候，和家人一起住在紐約市一個相對貧困的地區，那裡的小孩，尤其是女生，很少繼續讀書，或是考慮從事專業工作。幸運的是：派翠西亞的父母鼓勵她追求高遠的目標，並且強調學習的重要。她媽媽葛蕾蒂絲，擔任保母，資助她的學費。她爸爸魯伯特，則是引介她認識不同的文化和各種可能性的關鍵人物。她爸爸多才多藝，勤奮的從事各項工作，包括報紙專欄作家、商務船的船員，同時也是紐約市最早騎摩托車的黑人。他灌輸派翠西亞人人平等的重要觀念，甚至早在美國民權運動開始前，他們就已經開始與種族歧視及不公奮戰。

Image courtesy of Dr. Patricia Bath

良好的教育，是達成夢想的關鍵

　　上高中時，派翠西亞被迫通勤，就讀遠離學區的學校，因為她家附近的學校只供男生或富有的白人家庭子弟就讀。她堅決要取得學位，因此每天都搭地鐵到曼哈頓的查爾斯·伊凡斯·修斯高中上學。派翠西亞天賦異稟，科學成績尤其傑出，18歲時因為一項國家科學基金會的研究計畫，贏得《女士》雜誌頒發的優選獎，她做的是關於癌症治療與生物營養成分間關聯的研究。高中時就開始修習大學的學分，使她日後能提早畢業。

前輩的啟發

　　1960年，派翠西亞在曼哈頓的韓特大學註冊，學校提供她獎學金。取得化學學士學位後，她搬到華盛頓特區，進入豪爾德醫學院研讀博士學位。那個時代，醫師與醫學系學生大都是男性。讓派翠西亞非常驚異的是：女學生受到許多不合理的限制，像是上課時被禁止坐在前排。然而，就算在面臨種種歧視，她仍然盡最大的努力專注接受教育。派翠西亞在豪爾德醫學院遇見一位重要的楷模——蘿依絲·A·楊醫師，她是美國最早的非裔女性眼科醫師之一。派翠西亞把自己後來專精眼科醫學與視覺照護這件事，歸功於受到楊醫師的啟發。

「社區眼科醫學」——幫助弱勢的人重見光明

　　派翠西亞在1968年完成豪爾德醫學院的博士學位，以名列前茅的成績畢業。她回到紐約，在哈林醫學中心實習，後來又擔任哥倫比亞大學眼科醫學研究員。在哈林醫學中心眼科工作時，她留意到非裔病患比例高得嚇人。她的觀察促使她進一步研究——為什麼有這麼高比例的黑人患者失去了視力。她的研究發現，黑人失明的比例是白人的兩倍，同時，黑人患者由青光眼引起的失明比例是白人的八倍。根據她的推論，這樣異常高比例的病症，是由於黑人患者沒有管道接觸到眼科醫療照護。

　　派翠西亞開創「社區眼科醫學」，目的在於提供低社經地區民眾預防性的眼科照護與治療。

紐約大學眼科的第一位非裔住院醫師

　　派翠西亞於1970年開始接受紐約大學眼科住院醫師的訓練，1973年完成訓練，成為該校第一位達成這項訓練的非裔美國人。她在住院醫師訓練期間，生下她的女兒艾拉卡。

1974年，派翠西亞成為朱爾斯‧史坦眼科中心眼科部第一位女性眼科醫師。即使她有這樣的成就，她認為她在取得終身教職的早期，仍然遭遇了種族與性別歧視，其中一個例子就是系上嘗試把她的辦公室安排在地下室，某個黑漆漆的角落。

派翠西亞向來不喜歡引起爭議，因此只是很簡單的告訴系上她沒辦法接受那樣的空間，要求與其他教職員一樣，擁有專業的辦公室空間，最後系上同意了她的要求。在她職業生涯中，存在著性別不平等的玻璃天花板，不過，她以毅力戰勝了這一切。

派翠西亞一直在為失明者找尋更好的療法。1981年，她研發一種侵入式的治療法，叫做「超音波晶體乳化術雷射探針療法」，運用一種更有效、更無痛的療法，來消除白內障。1980年代中期休假期間，她旅行到歐洲，花了許多時間在法國巴黎與她一位恩師──丹妮耶‧雅倫羅莎一同進行研究。後來，派翠西亞又繼續利用休假在德國柏林自由大學進行研究，她在那裡得以接觸到全世界最好的雷射設備，於1986年在大學裡的雷射醫學中心完成她的發明。

派翠西亞在1988年首次為這項發明取得專利權，後來又繼續取得多項其他專利權。很多論述都將她視為第一位在美國取得醫療專利權的非裔美國女醫師，不過派翠西亞總是謙稱她的研究最重要的成果是：她是第一個（不論種族或性別）使用視覺纖維傳輸探針，結合沖吸法，用雷射來消除白內障的人。在我們繼續見證各種技術進展的今天，派翠西亞永遠都是白內障治療雷射手術的先驅。

創造了她革命性的發明後，派翠西亞繼續在加州大學洛杉磯分校工作，直到1993年退休。現在她住在洛杉磯地區，擔任美國失明防治機構的執行長。派翠西亞相信，超過半數的失明是可以預防的，而且每個人都有「看見的權利」。就算重重阻礙當前，她也不曾放棄為她的信念奮戰。